AF494711

H. DE GRAFFIGNY

—

L'AVIETTE

—

Son passé — Son avenir

SA CONSTRUCTION A LA PORTÉE DE TOUS

Henry de GRAFFIGNY

Ingénieur Civil

L'AVIETTE

Son passé :-: Son avenir

SA CONSTRUCTION

A LA PORTÉE DE TOUS

PARIS

Collection A.-L. GUYOT

20, rue des Petits-Champs, 20

PRÉFACE

L'homme peut-il voler par sa seule force musculaire ?...

La négation absolue a été récemment encore contredite par les essais d'un habile coureur cycliste, M. Poulain, qui a réussi des vols de dix à douze mètres d'étendue, remplissant ainsi les conditions du prix Peugect pour le premier vol effectué à un mètre du sol, et dépassant dix mètres de parcours sans toucher terre.

Mais, dira-t-on, ce n'est encore là qu'un saut très allongé plutôt qu'une véritable envolée, et il faut un athlète exceptionnel pour l'exécuter. Qu'on essaie plutôt !...

Le raisonnement mathématique a démontré qu'il est impossible à l'homme de quitter le sol dans un élan *vertical* ; l'intensité de la pesanteur à la surface de la planète s'y oppose absolument, et on a même calculé la quantité de travail qu'il faudrait dépenser à chaque seconde pour vaincre l'attraction du globe et on l'a évalué à 25 kilogrammètres par seconde au minimum, (un tiers de cheval-vapeur). et le double au moins de ce chiffre si l'on tient compte des résistances passives de la transmission et du propulseur. Or, une personne ordinaire, non entraînée

aux exercices de force ne peut fournir plus
de 8 à 10 kilogrammètres par seconde. La
question est donc jugée par ce seul fait.

Cependant il est peut-être possible de
tourner la difficulté, comme on l'a fait avec
l'aéroplane, qui, lui non plus, ne s'enlève pas
verticalement mais obliquement et peut gra-
vir les plus hautes plages de l'atmosphère.
La recherche de l'aviette véritablement pratique n'est donc pas absolument stérile ; elle
peut conduire un inventeur sagace à créer
un propulseur inédit, d'un rendement supérieur à l'hélice ou aux ailes, et peut-être à
trouver la forme de la bicyclette volante do
demain, l'appareil démocratique par excel-
lence de locomotion aérienne individuelle
Tous les espoirs sont permis en cet ordre
d'idées.

Le vol aérien peut devenir un sport pas-
sionnant, et l'aviette constituer le ski de l'air
des prochaines générations. Comme le disait
déjà Babinet en 1863, parlant de l'hélicoptère
mécanique, c'est surtout une affaire de tech-
nologie, de recherches expérimentales... et
d'argent. C'est pourquoi j'ai pensé qu'il serait de quelque intérêt de rassembler, dans
un modeste opuscule tel que celui-ci, tout
ce qui se rapporte à la question du vol humain, de rappeler les tentatives déjà faites
avec des résultats divers, et d'exposer mes
idées personnelles sur l'établissement d'une
aviette. Je m'autoriserai, pour excuser ma
témérité, de ce fait qu'en 1895, la plupart

des journaux français consacraient des colonnes entières à la description de la *bicyclette volante* que je me proposais d'expérimenter en descendant à toute allure la côte de Chanteloup. Je peux donc me considérer comme l'un des apôtres de ce procédé de locomotion, l'un des précurseurs de l'aviette moderne et exposer, sans trop d'outrecuidance, des idées mûries par trente années de réflexion.

On sait quel succès a remporté ce jouet qu'on appelle la *patinette*, dont raffolent les bébés. L'aviette, pour l'adolescent, présentera un attrait bien supérieur, et j'expliquerai, dans les pages qui vont suivre comment en construire un modèle avec le minimum de dépense, et par ses propres moyens.

Qui refuserait de croire qu'un jour prochain peut-être on verra les airs sillonnés par le vol d'appareils individuels transportant rapidement leur cavalier d'un point à un autre par dessus les obstacles naturels, fleuves, rivières, collines, forêts et les agglomérations humaines, villages, bourgs, chemin de fer, usines, etc ?... En attendant, que l'on se contente d'aller « saut par saut, vol par vol », comme le conseillait le regretté capitaine Ferber. L'aviette, même rudimentaire, donnera l'occasion d'un exercice sportif agréable pour les jeunes gens qui voudront s'adonner à son maniement.

H. DE GRAFFIGNY.

1ᵉʳ octobre 1921

I

Les précurseurs de l'aviette.

*Avant l'aérostation. Historique du « vol pla-
né ». Les hommes volants. — Lilienthal,
Mouillard, Chanute. — Les planeurs.*

De tout temps, les chercheurs ont eu con-
fiance dans les appareils dits *plus lourds que
l'air*, par opposition aux ballons *plus légers
que l'air*, et ceux que l'on a rangés sous la
dénomination d'*hommes volants*, n'étaient
pas autre chose que des aviateurs sans le
savoir.

La première idée de tous ceux qui ont es-
sayé de s'élever au-dessus du sol, a consisté
dans une imitation plus ou moins réussie de
l'oiseau, ce roi de l'espace aérien, et dans
l'adjonction à leur corps d'ailes d'une forme
fantaisiste. Ainsi la légende nous montre
affublés Dédale et Icare, Simon le magicien,
le sarrasin volant de Constantinople, le
moine Olivier de Malmesbury, dans les
siècles qui ont précédé l'invention des ballons par les frères Montgolfier. Léonard de
Vinci, l'illustre auteur de la *Joconde*, et
mécanicien de génie, avait imaginé un appareil à ailes devant être mues par la force
humaine et pourvu d'un gouvernail en forme

de queue d'oiseau, mais cette idée ne fut pas réalisée. C'est vers la même époque qu'un mathématicien de l'université de Pérouse, J.-B. Lante, donna, si l'histoire est vraie, la première démonstration du vol humain. Il s'éleva comme l'hirondelle au-dessus d'une place de la ville et se maintint longtemps en l'air aux acclamations du peuple. Malheureusement une pièce de sa mécanique vint à se casser ; l'homme volant dégringola comme une masse, mais il eut encore la chance de ne se casser qu'une jambe. Ce dénouement refroidit le promoteur du vol plané qui ne fit plus parler de lui par la suite, mais cet accident n'empêcha pas d'autres « inventeurs » de se lancer dans le même genre de recherches. C'est ainsi qu'au seizième siècle, un serrurier de Sablé nommé Besnier essaya un système de son invention avec lequel il devenait possible de voyager avec une grande célérité, mais c'était là une assertion qui fut bientôt controuvée.

Dans son grand ouvrage *Astra Castra,* le chanoine Turner rapporte le fait suivant : « Peu de temps après Bacon, dit-il, on s'occupa en Angleterre, d'exercer les jeunes gens à voler en s'aidant d'ailes artificielles. C'était là une marotte des savants et artistes du temps. Si l'on peut ajouter foi au compte rendu d'un certain nombre de ces expériences, de grands progrès auraient été faits dans cette voie. Les jeunes gens armés de ces ailes glissaient à la surface du sol avec beau-

coup d'adresse et de vitesse, par une combi-
naison de la course et du vol. Un mouvement alternatif et continu de leurs ailes et
de leurs pieds contre terre les entraînait
avec une incroyable rapidité ».

Au dix-huitième siècle encore, alors que
les premiers ballons à air chaud sillonnaient
l'atmosphère, certains chercheurs persis-
taient à croire possible le vol humain. C'est
ainsi qu'à l'exemple du serrurier angevin,
le marquis de Bacqueville tenta de traverser
la Seine au moyen d'ailes de son invention.
Il s'élança d'une fenêtre de son hôtel situé
sur le quai Malaquais et décrivit une courbe
descendante qui l'amena au-dessus du
fleuve. Là ses mouvements se ralentirent,
devinrent incertains et il s'abattit sur le toit
d'un bateau-lavoir, où, de même que Dante
de Pérouse, il se brisa un membre. Le marquis fut sans doute satisfait du résultat car il
ne recommença pas l'expérience.

Plus d'une fois, les hommes volants firent
appel au ballon ou au parachute pour les
aider à les soutenir, mais ils n'en furent pas
plus heureux pour cela. Tels furent entre
autres l'Anglais Le Tur et le Belge Degroof,
qui avaient imaginé de se faire enlever par
un aérostat ou de se suspendre sous un
parachute avec leur mécanisme. L'un et
l'autre se tuèrent dès le premier essai, sans
avoir pu montrer l'efficacité de leur procédé.

En 1880, il y avait encore des gens qui
croyaient à la « natation aérienne » et, per-

sonnellement j'ai failli expérimenter à mes dépens l'invention d'un vieux toqué nommé Cayrol, qui prétendait dresser les élèves volontaires de l'Académie d'Aérostation dont je faisais alors partie, à ce sport nouveau. Sous un petit ballon de forme polyédrique et d'un volume juste suffisant pour équilibrer le poids de l'expérimentateur, était suspendu le patient, habillé d'une sorte de chasuble munie de grandes ailes pouvant s'ouvrir et se fermer par le mouvement des bras et des jambes. Le « nageur » devait, en agitant ses membres suivant un rythme déterminé, circuler à son gré dans l'atmosphère en traînant le ballon à sa suite. Fort heureusement pour moi, le fabricant de « chlorogène » qui avait promis de gonfler le ballon «l'*Avenir*» ne put jamais arriver à produire les 125 mètres cubes d'hydrogène nécessaires, et la natation aérienne resta dans les limbes, ce qui permit à son génial inventeur de conserver jusqu'à la fin de son existence la conviction qu'il détenait avec son procédé la solution du problème de la locomotion aérienne.

L'expérience la plus sérieuse qui ait été tentée à cette époque est celle de M. Dandrieux qui avait combiné un assemblage d'ailes en étoffe vernie mises en action de façon à décrire une courbe en 8 sous la poussée des ou mieux la détente des muscles des membres inférieurs. L'air violemment chassé, fait ressort sous ces surfaces et le résultat est un allégement atteignant presque un tiers du poids de la personne manœuvrant ces ailes.

On conçoit que c'est là un résultat tout à fait insuffisant, aussi a-t-on cherché mieux, et c'est ce qu'a fait le Boche Otto Lilienthal qui a eu le mérite, il faut le reconnaître, d'inaugurer une voie féconde ayant indiqué le chemin à suivre aux aviateurs qui lui ont succédé.

Dès sa première jeunesse, Lilienthal qui était né en 1848, s'occupa de la question du vol aérien, et, à l'âge de treize ans il construisit avec l'aide de son frère Gustave, son premier appareil de planement qu'il essaya la nuit au clair de lune en s'élançant du haut d'une colline. En 1868, âgé de vingt ans, il établit un instrument mieux conçu, mais ce ne fut toutefois qu'en 1891, que l'inventeur, devenu ingénieur industriel, eut la possibilité de s'adonner exclusivement à ses recherches. Il employa d'abord de vastes ailes de planement de 7 mètres d'envergure, dont la face inférieure affectait la forme d'une courbe parabolique, et commença à s'exercer à leur maniement en se lançant d'une hauteur d'une dizaine de mètres. Mais le terrain dont il disposait étant trop exigu, l'inventeur alla habiter Steglitz et poursuivit ses essais avec un second planeur d'une surface de 16 mètres carrés pesant 24 kilos. Il parvint à franchir d'un seul élan plus de 80 mètres !

Enhardi par ce succès, Lilienthal, perfectionna et accrut l'étendue de ses glissades aériennes. Partant du sommet d'une colline de 30 mètres de hauteur et courant contre le vent, il parvint à planer sur des distances dépassant 300 mètres. Il acquit ainsi petit à petit une telle assurance qu'il réussit à dévier à volonté à droite ou à gauche la trajectoire de son vol, simplement par de faibles déplacements de son centre de gravité. En même temps, il se rendait compte des défauts de son appareil qu'il modifia en le composant, comme les *cellules* volantes de Hargraves, de deux surfaces parallèles superposées, disposition qui devait être imitée plus tard dans l'agencement des aéroplanes biplans, et en premier lieu par Wright.

L'homme volant obtint, grâce à cet agencement, des résultats inespérés et très supérieurs aux précédents, mais le 9 août 1896, au cours d'une glissade très prolongée, à Gross-Litchterfeld près de Berlin, un tendeur ou hauban de raidissement qui avait déjà subi une réparation sommaire quelques instants auparavant, vint à se rompre en plein vol. Le planeur, qui était à une vingtaine de mètres de haut, se trouva brusquement déséquilibré et *piqua du nez* comme un cerf-volant dont la ligne vient à se rompre. Il s'écrasa sur le sol. Litienthal fut ramassé évanoui sous les débris de sa machine. Il mourut le lendemain. Il avait eu la colonne vertébrale brisée. Cependant, malgré ce funeste accident, le prussien eut des imitateurs dans différents pays. Un ingénieur d'origine

pliage se faisait en quelques secondes, et en
moins d'une minute l'appareil était prêt à
servir. C'était une sorte de cerf-volant demi-
cellulaire, avec plan médian fournissant un
équilibre transversal remarquable. La superficie des plans atteignait 22 mètres carrés. Un
stabilisateur, composé de deux surfaces
s'entrecroisant à angle droit s'adaptait a
l'arrière des plans sustenteurs, donnant ainsi
à l'ensemble une longueur de 7 mètres sur
5 m. 20 de large.

Le pilote de l'appareil prenait place au
milieu ses bras reposant sur deux brancards
en bambou le supportant pendant la glissade. Au repos, des bretelles maintiennent
ces bambous à leur place, et c'est le pilote
qui porte l'instrument sur ses épaules.

Pour exécuter un vol avec ce petit aéroplane sans moteur dont le poids ne dépasse
pas 25 kilogrammes, ce qui donne une densité de 1 kilog. 100 par mètre carré, on
procède comme faisait Lilienthal, c'est-à-dire
qu'il faut courir de toute sa vitesse en se
plaçant face au vent et en descendant le
flanc d'une colline. Au bout de quelques instants la vitesse de la course, combinée avec
celle du vent, est suffisante pour déterminer
le soulèvement du planeur avec son pilote.
Si celui-ci pèse 65 kilogs, la charge par mètre
carré ne dépasse pas 4 kilogr, ce qui est
insignifiant quand on songe que, dans les
avions actuels à grande vitesse, la charge

des ailes atteint et dépasse 25 kilogs par mètre.

Si l'on ne dispose pas d'une colline ou d'une tour de lancement, on peut tourner cependant la difficulté en procédant de la façon employée par la Société *Nord-aviation* de Lille, en 1913. Il faut simplement posséder un moteur quelconque accouplé à un treuil à tambour et développant la puissance voulue pour enrouler une corde sur le tambour à la vitesse de 8 à 10 m. par seconde.

L'extrémité de cette corde est amarrée au bord avant du planeur dont l'expérimentateur se charge en le portant sur ses épaules. Une distance de 120 à 150 mètres environ sépare l'appareil du moteur-treuil auprès duquel se tient le mécanicien.

A un signal convenu, lancé par l'aviateur, le mécanicien emblaye le treuil dont le cylindre se met à tourner. La corde tire ; l'aviateur fait quelques pas. puis, présentant l'appareil face au vent, l'avant légèrement relevé, il prend son essor sans avoir besoin de courir. Par le déplacement des jambes en avant ou en arrière, il modifie le centre de gravité et règle la hauteur de son vol au dessus du sol. Arrivé à l'extrémité du terrain de manœuvre, au dessus du treuil, il crie : « Halte ! ». Le treuil est aussitôt débrayé, la corde cesse de tirer, et l'expérimentateur redescend en planant.

L'étendue de la glissade est donc limitée par les dimensions du terrain, qui doit être, de plus, choisi ausi plane que possible et exempt d'aspérités. Une pelouse de gazon convient à merveille. Quant au moteur, on prendra un moteur à essence de deux chevaux, à refroidissement par ailettes, type pour motocyclette monté avec le treuil et l'embrayage sur une simple brouette pour le transport. Quand on dispose d'une canalisation électrique, à proximité, une réceptrice remplacera avec économie le moteur à pétrole.

Que le départ s'effectue en se lançant du haut d'une tour ou d'une extumescence de terrain, ou encore par l'effet de la traction d'un cordage s'enroulant sur le tambour d'un treuil, l'instrument de vol demeure le même, et voici comment on procédera à sa construction, qui rappelle celle d'un cerf-volant-cellulaire genre Hargrave.

On se procurera en premier lieu une longeur totale de 54 mètres de bambou de 25 à 28 millimètres de diamètre que l'on débitera comme suit :

12 bouts de 1 m. 50 de long pour montants.
 7 — de 1 m. 60 — — carcasse des ailes.
 4 — de 2 m, — id.
 4 — de 3 m. 50 — soutien du stabilisateur.
 2 — de 1 m. 20 — carcasse du stabilisateu.r
 2 — de 0 m. 80 — id.
 1 — de 0 m. 40 — pour béquille d'arrière

Le poids du mètre courant de ce bambou ne devra pas être supérieur à 300 grammes, ce qui donne déjà un total de 16 kilogrammes pour la membrure du planeur. On pourrait donc préférer au bambou, malgré ses qualités, le roseau tel qu'il est employé pour les cannes à pêche, mais il faudra alors prévoir des raccords en laiton, ou, mieux, en alliage à base d'aluminium beaucoup plus léger. Comme chaque morceau a deux extrémités qui devront être pourvues de semblables garnitures il faudra donc prévoir 66 tubes du même diamètre que les éléments à réunir, soit une longueur de 6 mètres au moins, chaque raccord mesurant de 8 à 10 centimètres.

L'étoffe dont seront recouverts les cadres sera un tissu de coton très serré, de préférence de la cretonne fine qui sera rendue imperméable par une couche de vernis à l'alcool, ou mieux d'*émaillite* qui sert à vernir les toiles d'avions. Cette étoffe mesurant 0 m. 80 de large, il en faudra 22 mètres de longueur pour habiller les plans sustenteurs et stabilisateur. Le poids du mètre carré verni est d'environ 225 grammes, soit 5 kilos au total.

L'assemblage des pièces constituant la carcasse du planeur s'opérera comme s'il s'agissait des tronçons d'une canne à pêche en emboîtant l'une dans l'autre les extrémités des fragments à joindre. On prendra d'abord les morceaux de 2 mètres, à chaque bout desquels on m ntera un morceau de 1m. 60

de manière à réaliser quatre perches de 5 m. 20 de longueur.

L'écartement entre ces perches, dans le sens de la profondeur, sera de 1 m. 30, et il sera assuré à l'aide de traverses de cette dimension, noyées dans l'étoffe, portant à des distances égales, de 0 m. 90, des goussets où viendront se loger les traverses. Les perches seront dissimulées de la même façon de manière que la carcasse se trouvera entièrement invisible.

Juste au point médian de ces perches, on fixera, au moyen d'une torsade en fil de fer ou en fil poissé, des demi-colliers en aluminium destinés à maintenir les perches de soutien du stabilisateur d'arrière, perches en deux pièces mesurant au total 7 mètres de longueur. On procédera ensuite à la mise en place des 12 montants d'écartement des plans. Le procédé d'assemblage le plus simple et avec lequel on ne risque pas d'affaiblir les parties aux points de jonction, consiste à faire usage de bandes d'aluminium que l'on applique comme un demi-collier autour de la perche et qu'on fixe aux deux extrémités d'un ergot traversant diamétralement le montant. L'assemblage est ensuite consolidé par des ligatures entrecroisées avec du ruban chatterton, recouvrant entièrement l'assemblage. La distance séparant les montants est de 1 m. 80 au milieu et ensuite de 0 m. 90. Il y a trois montants à droite et trois à gauche de l'axe, aussi bien sur le bord antérieur que sur le bord extérieur des plans, soit douze montants au total (quatre aux angles).

On obtient ainsi une cellule de cerf-volant de 5 m. 20 de long, sur 1 m. 30 de profondeur et 1 m. 50 de hauteur, déplaçant 10 mètres cubes d'air, avec deux plans de 5, m. 20 ×1 m. 30 =13 m. carrés et demi de surface.

Le stabilisateur d'arrière s'agence de la même façon que les plans sustenteurs. Une bande de 0 m. 80 est d'abord tendue verticalement entre les deux longerons dont l'écart est de 1 m. 50 ; elle porte, cousue à droite et à gauche deux autres bandes de 0 m. 80, munies de goussets contenant un bâton de frêne ou un roseau. Ces bandes sont relevées à angle droit et maintenues à leur distance de 1 m. 60 par des traverses d'écartement consolidées par des tendeurs en fil d'acier. On agit de même pour la cellule sustentatrice en tendant un fil du pied d'un montant à la tête du suivant et en diagonale, fil que l'on raidit jusqu'à ce que l'on ait obtenue une absolue rigidité de toute la construction.

Un moyen de faire de longues glissades — mais toutefois sans quitter complètement le solide plancher des... humains —, est celui qui a été mis à profit par certains originaux pour circuler à grande vitesse sans la plus petite dépense de force, sur les plaines glacées que balayent souvent les souffles im-

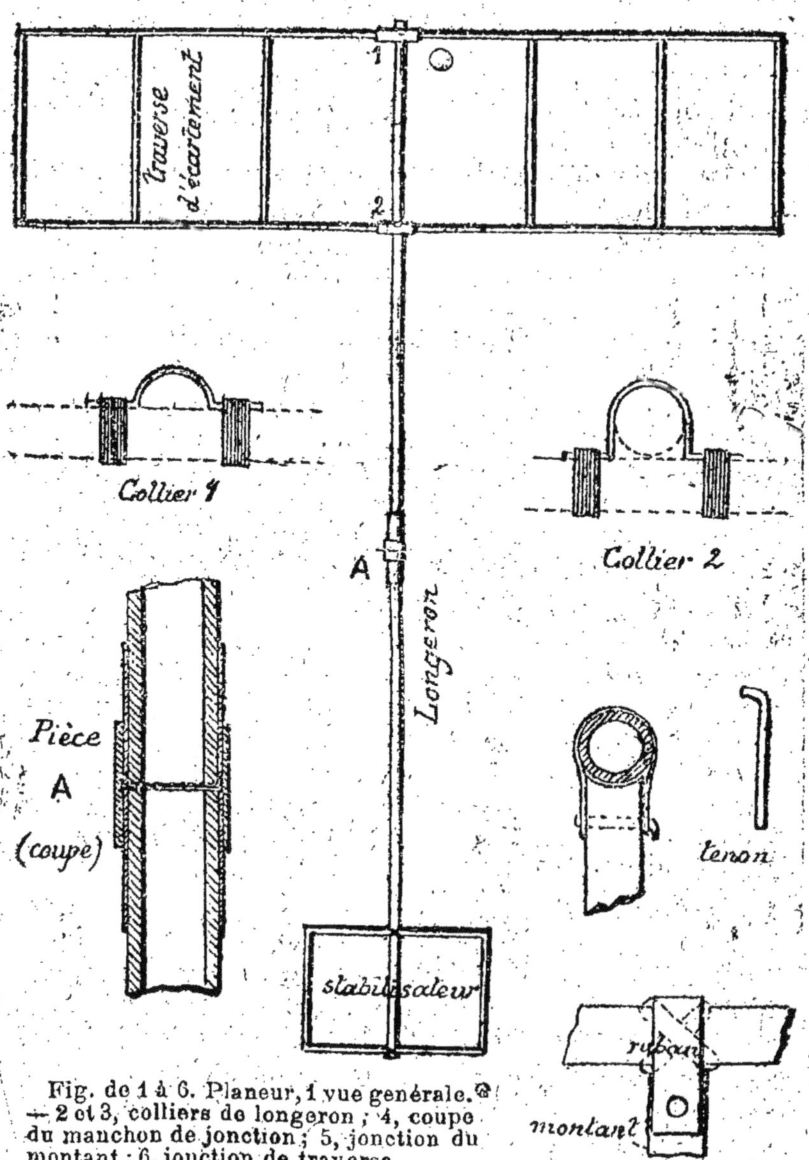

Fig. de 1 à 6. Planeur, 1 vue générale. — 2 et 3, colliers de longeron ; 4, coupe du manchon de jonction ; 5, jonction du montant ; 6, jonction de traverse.

pétueux de l'autan. Ce moyen consiste à s'adjoindre, non un planeur, mais de simples surfaces additionnelles à droite et à gauche du corps, de manière à faire voile et offrir au vent un obstacle mobile sur lequel il dépense son effort. Les pans d'un ample manteau pourraient suffire, à la condition de pouvoir se déplier ou se replier en moins d'un instant selon le besoin. Le patineur ou le skieur pourvu de ces espèces d'ailes n'a qu'à étendre les deux bras pour déployer cette surface supplémentaire où vient s'engouffrer l'air en mouvement et filer comme l'éclair sous la poussée qu'il reçoit ainsi. Pour tourner à droite ou à gauche, on baisse le bras du côté opposé à celui où l'on veut virer, et pour arrêter on abaisse les deux bras en serrant les plis du manteau autour du corps.

Mais si c'est là de la locomotion à grande vitesse, ce n'est pas de l'aviation, et on concevrait mieux, comme exercice d'hiver sur les pistes des montagnes où se pratiquent les sports d'hiver, concurremment avec la luge ou le bobsleigh, le planeur du genre de celui qui vient d'être décrit.

La manœuvre ne manquerait pas de charme pour l'amateur. Inutile de courir contre le vent ou de se faire tirer par un treuil et une corde. On n'aurait qu'à se laisser aller, chaussé de patins ou de skis, sur la glace lisse ou la neige durcie et congelée, en portant en équilibre sur ses épaules l'ins-

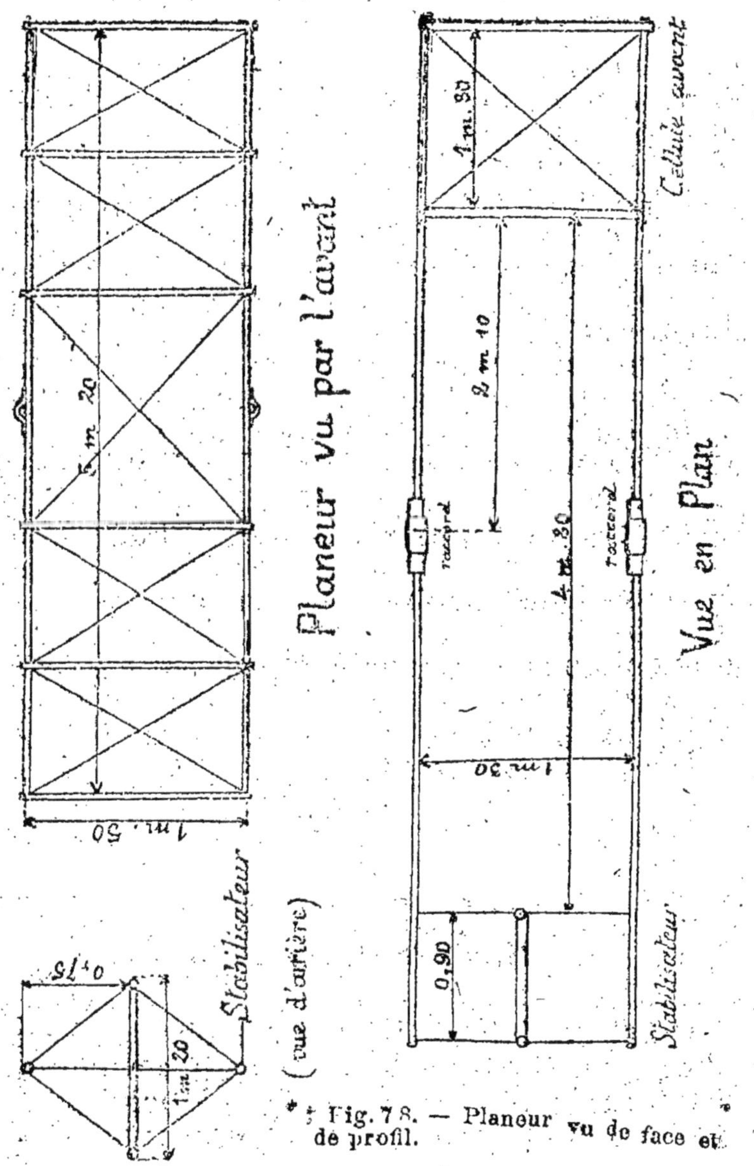

Fig. 78. — Planeur vu de face et de profil.

trument de vol. L'impulsion première donnée et la vitesse minimum de 12 à 14 mètres par seconde atteinte, l'expérimentateur fait un bond en hauteur en inclinant légèrement en arrière le planeur auquel il se suspend des deux bras. Il quitte alors le sol en continuant d'avancer, ou, mieux, de glisser sui les couches d'air ; il conserve l'équilibre en déplaçant, par des mouvements en avant ou en arrière des jambes, le centre de gravité do l'appareil et peut ainsi parcourir près d'un demi-kilomètre, — ce que ne saurait encore espérer réussir l'aviette la plus perfectionnée, — tout en atteignant vers la fin de la course, si le point de départ est à haute altitude, une hauteur de vol de plusieurs centaines de mètres, d'où l'on redescend en un gracieux vol plané. C'est de l'aviation sans moteur, économique au premier chef, par conséquent, et c'est surtout un exercice intéressant et sans le moindre danger si le planeur est bien construit et entretenu.

III

Principes de l'aviette

Il est un fait, établi par les observations d'un savant, M. de Lucy, qui est de nature à faire réfléchir ceux qui nient la possibilité du vol humain. il laisse supposer qu'une par-

lié de la puissance développée par les oiseaux
repose dans la façon dont leurs ailes sont
adaptées au corps et surtout dans la manière
dont ils s'en servent.

M. de Lucy a montré dès 1869 qu'il existe
une loi invariable à laquelle on ne trouve
d'exception. Ayant mesuré et pesé un grand
nombre d'oiseaux et d'insectes : c'est que,
plus l'animal ailé est petit et léger, plus est
grande, l'étendue relative de la surface de
support. Ainsi, comparant les insectes entre
eux, le cousin, qui pèse 460 fois moins que le
lucane cerf-volant, possède une surface
relative de support 14 fois plus grande. La
coccinelle qui pèse 140 fois moins que le
lucane a une surface relative 5 fois plus
grande, etc. Il en est de même pour les oiseaux. Le moineau, qui pèse environ 10 fois
moins que le pigeon, a deux fois autant de
surface relative. Le pigeon qui pèse 8 fois
moins que la cigogne a deux fois autant de
surface ; le moineau, qui pèse 330 fois moins
que la grue d'Australie possède 7 fois plus
de surface relative, etc. Et si l'on compare
ensuite les insectes aux oiseaux, la gradation
devient encore plus frappante. Ainsi, le cousin, qui pèse 3 millions de fois moins que la
grue a une surface relative d'ailes 140 fois
plus grande. La surfce alaire de cet oiseau
est de 9 décimètres carrés par kilogramme
de poids. Voici d'ailleurs quelques chiffres
comparatifs :

ESPÈCES	POIDS DE L'ANIMAL	SURFACE DES AILES	SURFACE PAR KILOG.
Cousin	3 milligr.	30 mm. c.	10 m. c.
Papillon	20 centigr.	1660 —	8 m. c. 1/3
Pigeon	290 gr.	750 cm. c.	2600 cm.c.
Cigogne	2260 gr.	4500 —	1980 —
Grue	9 kil. 500	8543 —	900 —

La comparaison entre ces chiffres montre que l'aile est un support différent des parachutes dont la surface doit croître proportionellement aux poids qu'ils soutiennent et elle conduit à établir la loi suivante : La surface des ailes, au lieu d'être en proportion du poids, est en proportion de la surface du corps de l'animal, ou, pour employer une expression technique, elle est proportionnelle au carré des dimensions linéaires au lieu d'être proportionnelle au cube. Si l'on suppose deux oiseaux ou insectes de semblable structure dont l'un est 7 fois plus grand que l'autre, le corps du premier présentera 49 fois la surface du second et il pèsera 343 fois plus ($7 \times 7 \times 7$). Mais la surface des ailes ne sera que 49 fois plus grande au lieu de 343 fois. En d'autre termes, par rapport au poids, le plus petit aura une surface d'ailes 7 fois plus grande que l'autre. L'examen des chiffres du petit tableau montrent combien ces valeurs théoriques se rapprochent de la réalité.

Un partisan des machines volantes à ailes battantes, ou ornithoptères, le docteur Hureau (de Villeneuve) avait calculé la surface d'ailes à donner à un modèle de chauve-souris du poids d'un homme ; il trouva que chacune de ces ailes ne devrait pas mesurer plus de 3 mètres carrés. Des recherches analogues ont conduit divers physiologistes, le Dr Hartings, le Dr Amans, etc, à des conclusions identiques.

Il semblerait donc, au premier abord, que l'on peut calculer sans grandes difficultés l'aire d'un volateur capable d'enlever un homme et qu'il suffit d'en affubler celui-ci pour qu'il soit immédiatement en mesure de s'élever dans l'atmosphère, mais les échecs remportés par tous les expérimentateurs depuis un siècle ont montré que c'était là une apparence trompeuse. Il a fallu arriver, avec l'aéroplane, à un effrayant gaspillage de force pour enlever un homme dans l'air et l'y déplacer. Le poids mort, représenté par la machine volante, le moteur et ses approvisionnements est assez élevé par rapport au poids utile qui est celui des passagers transportés, mais la dépense de travail est hors de proportion avec les résultats obtenus ainsi qu'un raisonnement très simple va le prouver

Pour transporter un homme du poids moyen de 75 kilogrammes à 33 mètres de distance en une seconde, il faut dépenser, étant donné que ce transport s'opère à l'aide d'un chariot muni de bons roulements sur une route en bon état d'entretien, une quantité de travail de 24 kilogrammètres soit un tiers de cheval vapeur (75 kgm). Or, un aéro, type *Goliath* volant à 120 kilomètres à l'heure ou 33 mètres par seconde dépense environ 33 chevaux par voyageur transporté, soit *cent fois plus* qu'il ne serait nécessaire.

Cette seule considération montre l'intérêt que peut présenter la recherche de moyens moins dispendieux de locomotion aérienne. A côté du paquebot monstre, *Paris* ou *Olympic* avec ses machines de 70.000 chevaux, il y a le canot de promenade *cruiser* ou *racer* à moteur, et le canot à rames, de même qu'à côté de la locomotive d'express, il y a le motocar et la bicyclette dont l'entretien sont incomparablement moins coûteux. Il peut donc y avoir, à côté de l'avion géant, du navire aérien transatlantique, le modeste canot individuel la bicyclette volante, autrement dit l'*aviette*.

Mais dans quel ordre d'idées convient-il de poursuivre les recherches? L'aviette devra-t-elle dériver de l'aéroplane, de l'hélicoptère ou de tout autre système ?... Devra-t-elle être animée d'un simple mouvement d'ascension verticale ou de translation oblique ?... Sera-t-elle actionné par la force des bras, la détente des muscles des jambes ou de toute autre manière ?.. Autant d'inconnues à élucider et de problèmes à résoudre.

Il semble que la future bicyclette volante devra plutôt rentrer dans la catégorie des

« scooters » ou bicyclettes à moteur adjoint pour augmenter l'effort disponible, la vitesse et la puissance de l'instrument. Autrement, seuls des athlètes pourront réussir des envolées de quelque importance, à moins toutefois de combinaisons encore inconnues de lancement et de progression.

Restons donc dans des limites raisonnables.

Si l'on se base sur les résultats fournis par les machines d'aviation, on verra d'abord qu'il suffira, pour supporter un poids de 120 kilogrammes, d'une surface de sustention de 8 mètres carrés, chargée à raison de 15 kilogrammes par mètre. (Les ailes d'avions sont chargées à raison de 20 à 25 kilogs). Mais il y aura avantage à doubler et même tripler cette superficie pour pouvoir diminuer la vitesse nécessaire à déterminer l'envol. Car c'est là le point délicat, le nœud de la question et qui rend précaire la réussite de l'aviette à simple moteur humain. Avec des ailes de 24 mètres carrés, il suffira d'une vitesse de 10 mètres par seconde pour amorcer le décollage de l'instrument avec son cavalier, alors qu'il faudrait au moins 16 mètres avec un planeur de 8 mètres carrés. Or, un bon cycliste peut maintenir quelques instants une allure de 36 à 38 kilomètres à l'heure, mais ce n'est qu'exceptionnellement qu'il peut faire du soixante.

Nous allons donc voir ce qui a été tenté jusqu'à ce jour dans cet ordre d'idées, et d'après ce qui a été fait, nous essaierons de déduire ce qui peut raisonnablement être espéré dans un prochain avenir. Ainsi, nous ajouterons notre contribution à l'édifice de recherches qui aménera à la conception du mécanisme idéal de vol individuel, sans avoir la prétention de faire mieux que l'avion moderne. Pas plus que la bicyclette ne voudrait rivaliser avec l'automobile, l'aviette ne peut songer à se substituer à l'aéroplane. Elle peut se tailler une petite place à ses côtés et devenir un engin réellement intéressant, mais à la condition de rester dans les limites modestes que lui conseille son agencement, ainsi peut-elle se concevoir et présenter certains avantages.

IV

L'aviette Poulain

Ainsi que je l'ai mentionné dans la préface de cet opuscule, l'idée d'adapter à une bicyclette les ailes d'un avion et d'essayer de s'élever ainsi dans les airs, aidé par les seules forces musculaires du cycliste n'est pas nouvelle. Un article de la revue la *Science et la Vie* nous raconte que déjà en 1851, le 1ᵉʳ août à quatre heures du matin, sur les bords de la Seine à Neuilly, ainsi que le constatait un procès-verbal signé par de Villemessant directeur du *Figaro* et dix autres témoins oculaires, « un certain Thomas

Darville parvint à s'élever, en appuyant sur la cinquième et sixième pédale de sa machine ailée, jusqu'à une hauteur de trois cents pieds mesurée au fil à plomb, et à parcourir en l'air un espace ausi large que le Champ de Mars ». Mais cette expérience vraiment sensationnelle n'eut pas de lendemain et on n'entendit plus parler de cette merveilleuse machine ni de son génial inventeur, ce qui, on en conviendra, est vraiment regrettable, car, dès cette époque, on aurait résolu le double problème de l'aviation et du vol humain, alors qu'il a fallu attendre plus d'un demi-siècle pour voir se renouveler une prouesse analogue, et encore grâce à l'adjonction d'un puissant moteur au premier *flyer*.

Vers 1898, des essais furent tentés de divers côtés pour propulser une bicyclette non plus directement par la commande de la roue l'arrière, mais à l'aide d'une hélice tractive disposée en avant de la machine. L'expérience qui attira le plus l'attention à cette époque fut celle réalisée à Achères par Anzani et Archdeacon, et au cours de laquelle le léger véhicule franchit le kilomètre à l'allure de 80 à l'heure. Mais ce n'étaient par les jambes du cycliste qui commandaient la rotation de l'hélice : c'était un moteur à essence type pour motocycle qui entraînait l'hélice, et déterminait cette vitesse de progression de 22 mètres à la seconde. Le résultat était intéressant et on eût pu supposer

que les deux sportsmen allaient compléter
leur œuvre en s'adjoignant à la machine à
deux roues des plans de sustention ainsi
que, plusieurs années auparavant je
l'avais proposé, mais il n'en fut rien et il ne
fut plus question que vers 1913 de la bicyclette ailée ni de la « motaviette » comme
j'avais nommé le nouvel engin dans plusieurs articles publiés dans les revues scientifiques de l'époque.

C'est alors que, dans le but d'encourager
les inventeurs, et favoriser de nouvelles
recherches, que M. R. Peugeot fonda le prix
auquel on donna le nom de *prix du décamètre*
et qui devait être attribué au cycliste qui, par
ses seuls moyens, c'est-à-dire sans le se-
cours d'un moteur mécanique transfor-
mant l'appareil en avion, mais grâce à sa
seule force musculaire, parviendrait le premier à décoller du sol et effectuer un parcours
d'au moins dix mètres dans les deux sens,
c'est-à-dire sans tenir compte du vent.

Tel que le donateur le posait, quelque simple que le problème paraissait, il n'en était
pas moins difficile à résoudre, car l'homme
devait être à la fois le moteur produisant la
force et l'intelligence devant la diriger. En
effet, il ne devait pas suffire d'atteindre avec
les jarrets une vitesse assurant le décollement, mais de combiner une association
rationnelle de la bicyclette et de l'avion. Il
fallait que l'ensemble fût étudié en consé-
quence, que les plans sustenteurs présen-

tassent la forme, les dimensions et la résistance voulues, que le poids de la machine et
son agencement fussent calculés et appro-
priés au cycliste devant tenter l'expérience.

Un champion de la « petite reine » ainsi
que Jean sans Terre, bien oublié aujourd'hui,
avait appelé la bicyclette, M. Gabriel Poulain, bien connu sur les vélodromes pour ses
prouesses sportives, s'attela à cette étude, et,
dès l'année 1913, il combina un premier
modèle, auquel fut donné le nom d'*aviette* et
tenta quelques premiers bonds permettant
tous les espoirs. Mais la guerre survint et
force lui fut de laisser provisoirement de
côté ses investigations. Ce ne fut qu'en 1920
qu'il lui fut possible de les reprendre. Il
confia l'étude mécanique de son appareil
aux ateliers d'aviation Nieuport, et à de
nombreuses reprises il s'essaya sur la route
des Tribunes de l'hippodrome de Long-
champs, s'efforçant de remplir les conditions
du prix Peugeot, doté par son créateur d'une
allocation de 10.000 francs. Dans l'un de ces
essais, comme il prenait son élan, un tendeur un peu trop serré se rompit, et l'aviette
subitement déséquilibrée s'abattit et se brisa
sur le sol, comme les premiers monoplans
de Blériot à Issy-les-Moulineaux.

Il fallut au persévérant chercheur perfectionner sans relâche son invention durant de
longs mois avant d'arriver au succès final qui
lui valut le prix convoité. Ce n'est qu'en
juin 1921 que M. Poulain, en présence de la

Commission du Prix Peugeot, réussit à réaliser des envolées de 11 et 12 mètres dans les deux sens, à la suite d'un « emballage » où il déploya toutes ses qualités depuis longtemps reconnues d'athlète cycliste. A la suite de ces remarquables performances, M. Peugeot, qui assistait aux essais officiels accorda spontanément la prime promise, annonçant, de plus, qu'un nouveau prix serait créé, stipulant d'autres conditions afin d'inciter les chercheurs à perfectionner l'appareil, au besoin en faisant appel à d'autres moyens.

Voici la description de l'*aviette* avec laquelle M. Poulain a réussi ses envolées.

L'aviette Poulain comporte en premier lieu une bicyclette dont la roue arrière est d'un diamètre inférieur à celui de la roue d'avant. Elle suporte, par l'intermédiaire de montants en forme d'A, une sorte de biplan dont l'envergure est de 6 m. 50 pour le plan supérieur et 4 mètres pour le plan inférieur, sur 1 m. 20 et 1 m. 40 respectivement de largeur, ce qui donne une surface totale de 14 mètres carrés 66 à l'ensemble. L'arrière est munie d'une petite surface verticale faisant effet de gouvernail de direction. Le pilote, placé sur sa selle, se trouve juste au centre de gravité de la machine.

Le poids total de l'appareil, construit en bois très mince et très léger, recouvert de soie vernie et imperméabilisée, est de 21 kilogs 500, la bicyclette entrant dans ce total pour 11 kilos. Les calculs ont été établis

pour que l'aviette puisse quitter le sol à une
allure de 36 kilomètres à l'heure ou 10 mètres
par seconde. Le décollement est obtenu par
la variation de l'angle d'incidence du bord
d'attaque des plans. Or, comme ceux-ci sont
reliés d'une façon rigide au cadre de la bicyclette, c'est par le fonctionnement d'un dispositif particulier que le conducteur fait varier
à volonté cet angle d'incidence. Ce résultat
peut d'ailleurs être réalisé par d'autres com-

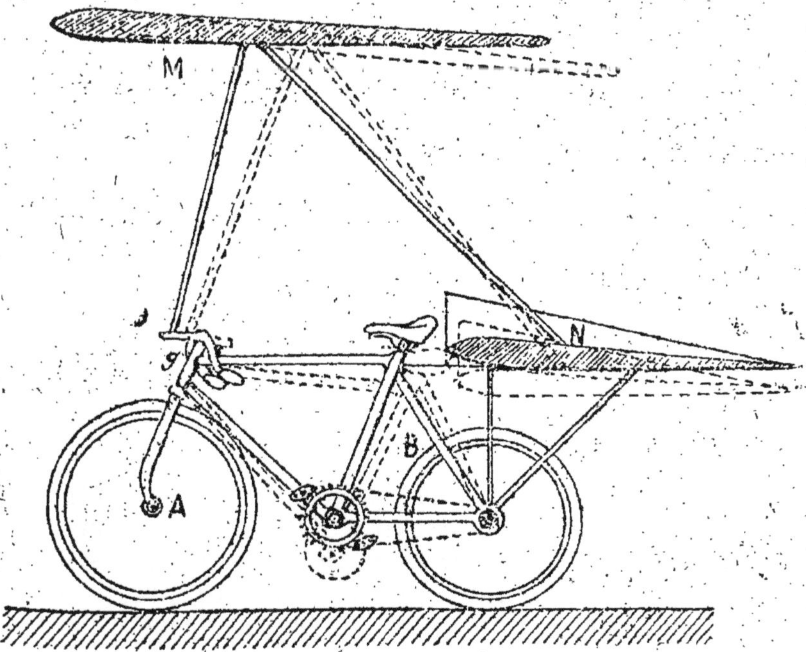

Fig. 9. — Schéma du fonctionnement de l'aviette Poulain.

binaisons mécaniques, comme nous le verrons plus loin.

Dans le système Poulain, la partie du cadre qui appuie sur le moyeu de la roue d'arrière peut glisser sur l'axe de ce moyeu et décrire ainsi, en s'affaissant vers le sol, un arc de cercle dont le centre est le moyeu de la roue d'avant. Au moment où le cycliste se rend compte qu'il a atteint la vitesse minimum de progression nécessaire à l'envol, il actionne à la main un levier placé sur le guidon et déclanche ainsi le verrou qui maintient le cadre sous lui ; l'ensemble de l'appareil pivote autour du moyeu avant et donne aux plans sustenteurs l'inclinaison voulue pour déterminer le soulèvement de l'ensemble homme, cycle et avion.

Comme le montre le dessin, le cycliste démarre avec les plans parfaitement horizontaux, de façon à présenter la moindre résistance possible à l'avancement. L'allure de 10 mètres à la seconde étant atteinte, il détache, par le jeu d'un verrou commandé depuis le guidon, le cadre de la bicyclette de son point d'appui sur le moyeu de la roue d'arrière. Le cadre B s'affaisse, et, pivotant autour du moyeu avant A, il entraîne avec lui les deux plans M et N. Ceux-ci, qui étaient parallèles au sol, prennent alors une position oblique de l'avant vers l'arrière présentant ainsi l'incidence la plus favorable pour assurer le décollement et l'envol.

Ce qui a retardé le succès de l'aviette, à ses débuts a été sa fragilité due à la nécessité de n'employer dans la construction que des matériaux extrêmement légers et des pièces réduites à leur volume minimum. En effet, la partie « aérienne » de la machine ne pèse que 10 kilogrammes pour une surface de près de quinze mètres carrés, ce qui indique qu'on est bien à la limite extrême de la résistance des matériaux. Mais on ne saurait, sans courir à l'échec certain, augmenter sensiblement le poids pour accroître quelque peu la solidité de cet accouplement des deux machines terrestre et aérienne. La vitesse que peut atteindre un cycliste pour une dépense connue de travail par seconde, dépend du poids qu'il entraîne, et c'est pourquoi l'effort des fabricants de bicyclettes s'est porté, avec raison, sur les moyens de diminuer le plus possible le poids de ces machines, tout en perfectionnant les roulements. Et c'est la raison pour laquelle les bicyclettes de course sur piste ne pèsent pas plus de 7 à 8 k., ce qui permet aux *sprinters* d'atteindre le soixante à l'heure au moment du *rush* ou emballage final. Ce gain de 2 à 3 kilos permet une augmentation très sensible de la vitesse, du moment que l'homme est son seul moteur.

On se trouve donc enfermé, pour l'aviette, dans des limites très étroites et qui rend sa réalisation vraiment pratique assez problématique. Car, si l'on diminue la surface sustentatrice pour réduire le poids, et la résistance il faut prévoir une plus grande vitesse pour déterminer l'envolée, et il n'y a pas beaucoup de personnes qui soient capables de dépasser, surtout sur une bicyclette pesant plus de 20 kilogrammes l'allure de 10 à 12 mètres par seconde, soit plus de quarante à l'heure.

On a calculé l'effort qu'à dû déployer Poulain pour effectuer ses bonds de douze mètres et on a trouvé qu'il n'était pas moindre, dans les dernières secondes précédant le vol, de 27 kilogrammètres, soit plus d'un tiers de cheval, effort dont peu d'athlètes sont capables, — et *à fortiori*, des cyclistes ordinaires et des jeunes gens. Et si, pour n'avoir pas à dépenser un pareil effort, on augmente la voilure, on augmente aussi le poids et le démarrage est ausi pénible. Comme le disait un des premiers aviateurs, le vol est la fleur de la vitesse ; il ne peut se produire, par le procédé de l'aéroplane, qu'à la condition de doter le mobile d'une certaine vitesse pour que la résistance de l'air sous les plans sustenteurs produise sa résultante qui est l'ascension de la machine. Et cette vitesse ne saurait être moindre de 8 à 10 mètres par seconde, même pour un mécanisme bien conçu et bien agencé.

V

Conditions d'établissement d'une aviette.

L'aéroplane, qui date déjà d'une vingtaine d'années, le premier vol des frères Wright datant de 1902, a fourni de précieuses indications sur les conditions que doit présenter une machine volante parfaite. Il faut qu'elle réponde aux divers desirata suivants :

1° Stabilité longitudinale et transversale parfaite.

2° Décollement et envol dans le plus petit espace possible.

3° Rendement industriel élevé (rapport du poids transporté à une vitesse donnée avec la quantité de travail dépensé.

4° Facilité de manœuvre au départ et à l'atterrissage, de manière à supprimer toute cause d'accident par maladresse ou distraction.

Qu'il s'agisse d'appareils volants destinés au transport en commun d'un plus ou moins grand nombre de voyageurs ou d'instruments de vol individuel, ces conditions doivent se trouver remplies, ou tout au moins fort approchées, où l'on n'a qu'une sécurité précaire, obtenue avec des dépenses hors de proportion avec le résultat atteint. Ainsi, il semble un peu excessif que, pour transporter un homme seul à bord d'un aéroplane, à une vitesse de deux cents kilomètres à l'heure, il faille des moteurs développant plus de 400 chevaux-vapeur. Avec un travail seulement quadruple, une locomotive remorque à 120 à l'heure un train pesant 400 tonnes, soit plus de deux cents voyageurs. Il y a donc, c'est indéniable, un gaspillage considérable de puissance, et c'est sur ce point

que les efforts des inventeurs et des ingé-
niurs doivent surtout se porter.

Avec l'aviette, on doit économiser cette
dépense et même l'annuler complètement à
la condition de retrouver le secret de l'ascension à l'aide du vent découvert par Dante
de Pérouse, perdu depuis lors, puis retrouvé
par le marquis de Bacqueville et par Thomas
Darville et reperdu encore. Alors le vol humain deviendrait possible et normal sans
exiger de moteur mécanique coûteux d'a-
chat et surtout d'entretien. C'est à ce résultat
que doivent tendre les recherches et, cela se
conçoit, on s'en rapprochera surtout par les
essais plutôt que par le calcul.

Le calcul peut être, en effet, une très bonne
chose, un outil de première utilité en matière
de construction mécanique, mais il ne faudrait pas cependant s'exagérer sa valeur
lorsqu'on veut l'appliquer à la détermination
de coefficients particuliers souvent variables.
L'expérience est hautement préférable, et,
seule, elle peut servir de base solide aux
équations. C'est justement le cas pour les
appareils d'aviation pour lesquels on ne dispose encore que de données un peu empiri-
ques, laissant place à nombre d'incertitudes.

La question de l'équilibre est primordiale
dans les machines volantes, le centre de gravité doit se trouver proportionnellement plus
éloigné que dans la créature vivante, l'oiseau qui peut servir de modèle. Il faut
cependant limiter ses variations, et c'est

pourquoi on a été conduit à adopter une
forme de voilure très étendue dans le sens
transversal et étroite dans le sens perpendi-
culaire. L'expérience a montré que la réaction était beaucoup plus forte qu'avec une
voilure carrée ou plus allongée dans le sens
où s'opère la progression. Ainsi, un plan
présentant une longueur double ou triple de
sa largeur, éprouve pour se déplacer dans
l'air une résistance qui varie à peu près du
simple au double selon qu'on le fait avancer
par l'un de ses côtés étroits ou au contraire
par l'un de ses bords larges. Cette résistance
augmente d'autant plus que la différence est
plus grande entre la longueur et la largeur
du plan. L'explication de ce phénomène a été
donnée par Tatin dans ses *Éléments d'Aviation*.

« Quand le plan s'avance par l'un de ses
bords étroits, dit-il, les filets d'air rencontrés
ne pressent pas sous le plan jusqu'à son
extrémité arrière, mais sont plutôt écartés
et rejetés aussitôt latéralement sans que la
surface considérée ait subi toute la résistance que ces filets pouvaient lui offrir, tandis
que, pendant la progression le bord le plus
large en avant, les filets d'air ne peuvent
s'échapper, retenus qu'ils sont par leurs
voisins immédiats ; une petite partie seulement peut s'échapper près des bords étroits
latéraux, et ainsi la résistance qu'ils ren-
contrent peut être mieux utilisée ».

Si l'on examine ce qui se passe chez les oiseaux, on constate que le rapport entre la largeur et l'envergure des ailes est de 1 à 5 dans les petites espèces : 1 à 6 chez le faucon, 1 à 8 chez les volateurs rapides comme le martinet, et s'élève jusqu'à 1-20, chez certains voiliers puissants tels que l'albatros.

Dans les premiers appareils d'aviation connus, on croyait avantageux de former un angle dièdre plus ou moins accentué entre les deux ailes, supposant que ce dièdre, dont l'arête était tournée vers le sol, procurait une stabilité transversale supérieure. Mais on n'a pas tardé à reconnaître que cette disposition constituait une résistance additionnelle dont l'effet était de diminuer la pénétration, et il en a été de même pour les cloisons verticales partageant les cellules de sustention qui donnaient aux premiers aéroplanes l'apparence de boîtes volantes. Une pièce en forme de croix, de surface relativement restreinte mais placée très en arrière des plans sustenteurs suffît pour annuler le tangage (balancement d'avant en arrière) ainsi que le roulis (oscillations transversales). Tout danger de chavirement est évité, surtout si le centre de gravité est descendu à une certaine distance au dessous des plans de soutien. En même temps cette double surface peut être agencée de façon à jouer le double rôle de gouvernail de profondeur et de direction et de stabilisateur.

En ce qui concerne la forme et le profil à donner aux ailes d'un appareil volant quelconque, j'ai toujours pensé avec Goupil, qu'une courbure à concavité tournée vers le sol était préférable à une surface absolument plate. D'expériences faites par Thibault. il semble résulter que le gain obtenu par un creux de 1/20, atteignait presque un cinquième, grâce à la forte réaction de l'air est non seulement doublé et même triplé, mais il est reporté vers le bord d'attaque, ce qui est un avantage.

Presque tous les aviateurs ont donné à la face inférieure des ailes de leurs appareils une courbure plus ou moins concave. Ader avait adopté pour son premier avion une courbure croissante d'avant en arrière suivant le tracé d'une spirale: Les frères Wright et Voisin, aux débuts, donnaient aux armatures des ailes une courbure régulière suivant un arc de cercle d'un certain rayon. Il est donc admis maintenant d'une façon générale, que la forme d'aile qui procure les meilleurs résultats est celle ayant un certain creux, avec ou sans surépaisseur du bord d'attaque. Le plan plus ou moins incliné mais absolument rectiligne est peut-être plus facile à contruire, mais il ne possède pas la même efficacité, et, pour un instrument extra-léger tel que l'aviette, il semble bien moins avantageux.

Les conditions rationnelles que doit réunir une machine à voler, qu'elle soit ou non

:munie d'un moteur et d'un propulseur, peuvent donc être énumérées comme suit :

Envergure des ailes ou plans dans le rapport de 1 à 8 ou à 10, avec surface inférieure concave ; stabilité longitudinale assurée par la présence d'un plan additionnel analogue aux plans de sustention et agencé en arrière de ceux-ci à une distance déterminée par l'expérience. Centre de gravité descendu au dessous des plans et du centre de pression. Construction établie avec des matériaux de grande solidité en même temps que de densité la plus faible possible pour ne pas accroître le poids de l'ensemble, enfin agencement tel que la résistance à l'avancement soit réduite au minimum, de manière à faciliter la pénétration dans l'air et réduire le travail nécessité par le lancement, l'envol et la sustention.

VI

Comment construire une aviette

Une bonne bicyclette légère. — Installation d'un biplan sur une bicyclette. — Articulation des plans. — Comment fabriquer les ailes. — Choix des matériaux. — Exécution du travail.

Pour construire une aviette, il faut tout d'abord avoir une bonne bicyclette de même que pour faire un civet il faut un lièvre — ou au moins un lapin.

Quelles sont les qualités qui constituent la bonne bicyclette ?...

Tout cycliste les connaît. C'est d'abord de bons roulements, aussi doux que possible pour absorber moins de travail inutile dans les frottements. Ensuite une grande légèreté, sans que cette légèreté soit acquise aux dépens de la solidité. Enfin des bandages moelleux, élastiques, évitant que les chocs dus aux inégalités de la route ne se transmettent trop brutalement au cadre de la machine et au cavalier.

On n'a plus que l'embarras du choix aujourd'hui entre les marques se disputant la faveur du public et dont les produits possèdent et réunissent les diverses qualités qui viennent d'être énoncées. Depuis que la bicyclette est devenue d'un usage universel, des soins spéciaux ont été apportés à sa fabrication et elle a atteint un haut point de perfection. Il semble donc bien inutile d'en parler avec quelque détail ; il n'est pas besoin d'un modèle spécial pour faire une aviette ; il suffit que la machine dont on dispose ne pèse pas plus de 10 à 11 kilos et que sa multiplication soit d'au moins 6 mètres. Les bandages seront des pneus de petit diamètre ou, ce qui est mieux, des boyaux collés, dont l'adhérence au sol est moins grande, d'où résulte un moindre tirage. Il faut s'arranger pour économiser sur l'effort final en ramenant au minimum toutes les résistances passives.

Un cycliste bien entraîné peut arriver à donner pendant quelques instants sur un terrain plat et bien roulant, deux tours de pédales par seconde, ce qui représente, avec une multiplication de 6 mètres, une allure de 43 kilomètres à l'heure. C'est une vitesse très suffisante pour assurer le décollement qui peut être obtenu, en air calme, avec une vitesse un quart moins grande, 9 mètres par seconde au lieu de 12. Mais il faut tenir compte qu'on n'a pas que la bicyclettes à entraîner, mais le poids supplémentaire des plans de soutien et de planement, qui opposent une résistance sensible à l'avancement.

Une question de première importance est celle de la liaison de ces plans avec la bicyclette. Nous avons vu comment M. Poulain a procédé. Les supports étaient articulés sur les deux moyeux des roues ; le cadre pouvait pivoter et amener les plans à s'obliquer après le déverrouillage du point d'attache. C'est une solution qui présente certains avantages ; d'ailleurs elle a fait ses preuves, mais on en peut trouver d'autres tout aussi rationnelles.

Dans le système que j'ai étudié, et dont les planches donnent le détail, l'aéroplane biplan devant produire la sustentation, est relié au cadre de la bicyclette par un mâtereau central et deux tirants latéraux, ces trois pièces se trouvant encastrées et solidement maintenues entre les mâchoires d'une

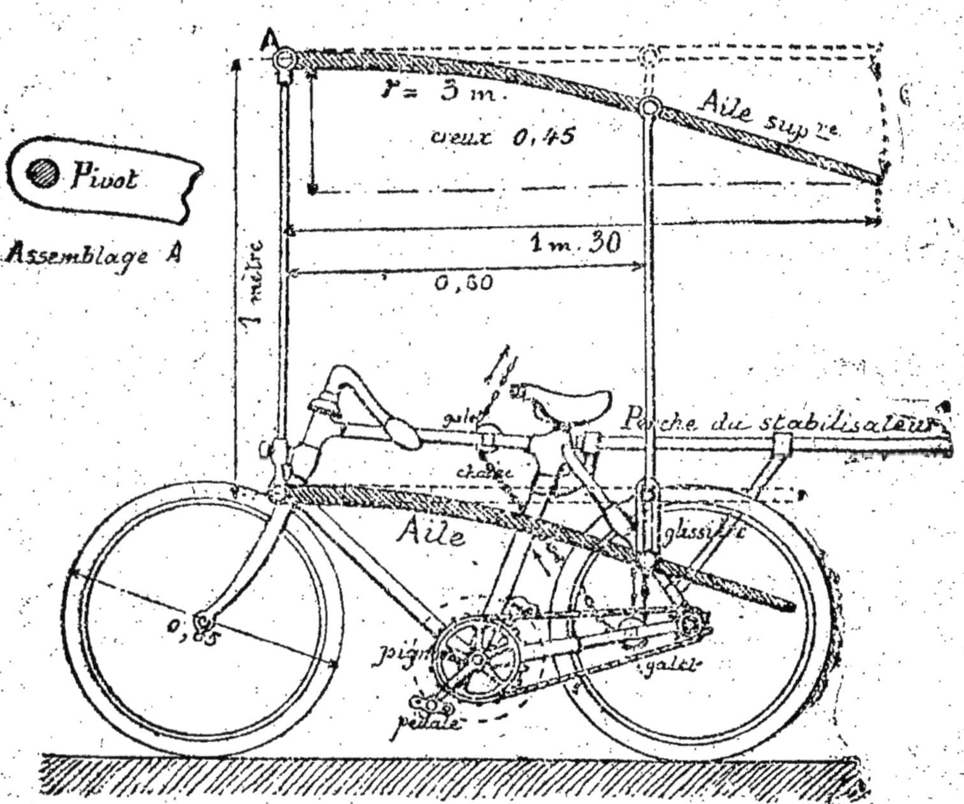

Fig. 10. — Modèle d'aviette de l'auteur vue de profil.

Fig. 11. — Coupe de l'assemblage des traverses ou nervures des ailes.

pièce en fer forgé maintenues par un collier sur la douille de la fourche avant. Deux autres montants sont disposés parallèlement au mâtereau central.

835   Cette disposition est exactement repro-

duite, sauf les tirants obliques, en arrière
mais les montants ne sont pas immuable-
ment fixés à leur partie inférieure. Ils peuvent se déplacer dans une glissière et des-
cendre d'environ 25 centimètres. Le résultat
est le même qu'avec le déclanchement de
l'aviette Poulain. Les plans, horizontaux jus-
que là, s'incurvent de l'avant à l'arrière,
opposant alors à l'air toute leur surface utile
et déterminent le décollement. Ce mouvement de descente, qui donne aux plans, dont
la largeur est de 1 m. 30, un creux de 0 m. 45,
est obtenu à volonté en tirant sur une chaîne
passant sur des galets, chaîne terminée par
une poignée ou un anneau que le cycliste
peut fixer au bec de sa selle. Des ressorts
à boudin de rappel font remonter automatiquement les montants et les ramènent dans
leur position primitive quand on lâche cette
chaîne.

En donnant au plan supérieur une étendue
transversale de 5 mètres, soit 2 m. 50 à droite
et à gauche de l'axe de la bicyclette et une
largeur de 1 m. 60 aux deux plans inférieurs,
afin de laisser un espace libre de 80 centimètres au cycliste, la surface totale des
plans est de 11 mètres carrés. Mais l'équilibre serait instable, aussi cet agencement
devra-t-il être complété par un empennage
crucial, ou stabilisateur, analogue à celui du
planeur décrit au commencement de ce petit
ouvrage, et qui sera placé à l'extrémité d'une
perche de 4 mètres environ, reliée au cadre

de la machine par des équerres de support convenablement disposées. Les surfaces des deux châssis entoilés s'entrecroisant perpendiculairement seront de 1 m. 8 carré pour la surface horizontale et 1 m. 1/4 carré pour la surface verticale.

Le travail de l'amateur, dans la construction d'une aviette, consistera dans la fabrication des ailes et dans leur montage sur la bicyclette. On pourra suivre la méthode qui va être indiquée ici.

En premier lieu, il faut se procurer les matériaux.

Ceux qui conviennent le mieux sont le bois profilé, les tubes d'aluminium, ou d'un alliage de ce métal, tel que le duralumin, puis la soie ou le coton très serré et quelques pièces de quincaillerie diverses. Il faut la quantité que voisi de ces matériaux :

1° Longerons de 35 mill. de diam. 8 bouts de 2 m.50
2° Montants   id.   6 —   de 1 m.
3° Nerv. des ailes, en frêne ou osier. 38 —   de 1 m.30
4° Tube en aluminium ou laiton pour jonctions 2 m.20
5° Etoffe en 0,80 de large   18 m.

La fabrication dés ailes constitue un travail de menuiserie assez minutieux et qui occupe de nombreux spécialistes dans les ateliers d'aviation, cependant l'amateur peut parfaitement l'entreprendre et la mener à bonne fin, à la condition d'agir avec attention et de disposer d'une pièce assez vaste pour procéder au montage de ces surfaces de cinq mètres de long sans être gêné.

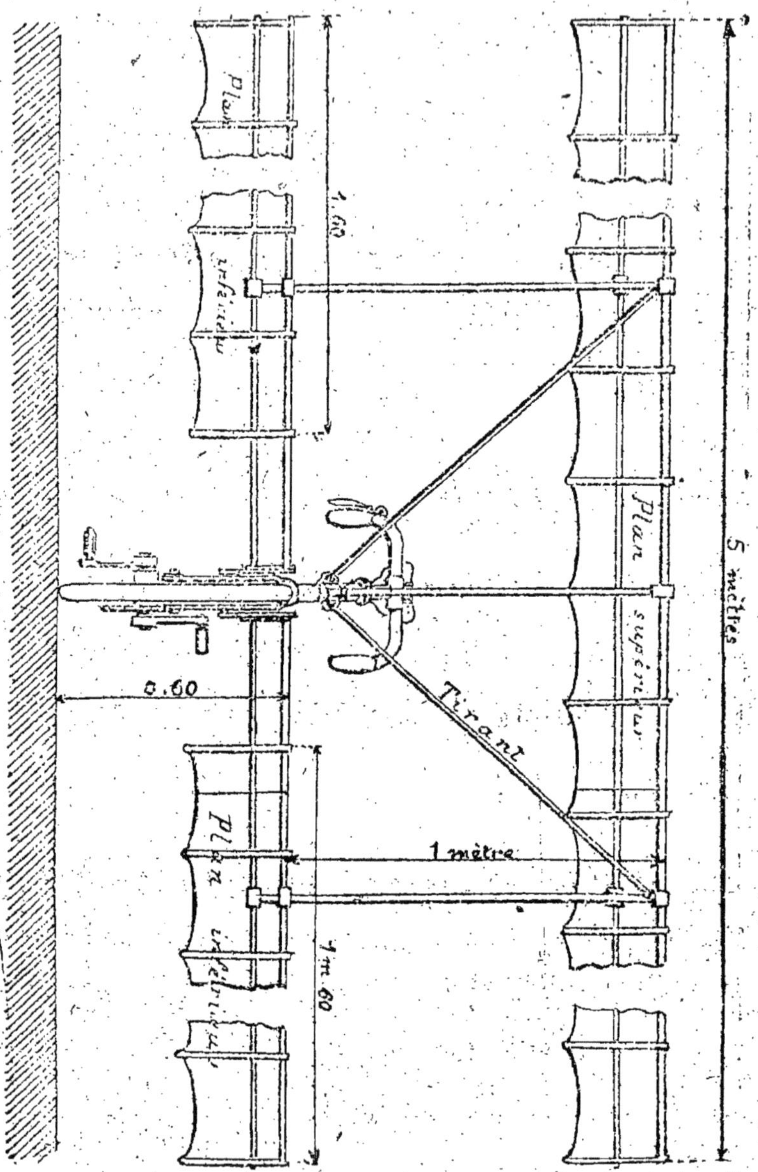

Fig. 12. — Aviette ou motoaviette vue de face, les plans abaissés.

On commence par percer, dans les réglettes devant constituer les nervures et dont
la longueur est de 1 m. 30, deux trous de
40 millimètres de diamètre à 0 m. 80 de distance l'un de l'autre, puis on enfile toutes
ces réglettes d'une après l'autre sur les
longerons transversaux de 5 mètres de long,
en les espaçant régulièrement de 25 centimètres les unes des autres. On obtient ainsi
la carcasse d'une aile que l'on consolide en
collant à la colle forte tous les points de
jonctions des longerons et des nervures, et
par un réseau de ficelles allant d'une extrémité à l'autre, à angle droit des nervures.

La carcasse achevée, il faut *l'habiller*,
c'est-à-dire la recouvrir d'étoffe. On commence par assembler tous les lés formant la
largeur totale de l'aile, au moyen d'une
couture, solide, et on fixe ce tissu à l'avant,
sur toutes la longueur du longeron, en le
clouant avec des petites pointes de tapissier.
On le tire pour avoir une surface bien lisse,
et on le cloue de la même façon sur toute la
longueur des nervures et sur le longeron
d'arrière. Ces clouages sont cachés ensuite
par un ruban collé sur toute leur longueur.

Pour tendre fortement l'étoffe, on la badi-
geonne, avant le clouage d'une couche de
vernis incolore dont voici la formule : coton
poudre dissous dans un mélange d'alcool
et d'éther sulfurique : 60 grammes pour 3
litres d'éther et 1 litre d'alcool. La dissolu-
tion une fois opérée, on ajoute 20 grammes

d'huile de ricin et 40 grammes de baume de Canada. Le tissu imprégné de ce mélange se rétracte en séchant et acquiert une tension égale à celle d'une peau de tambour. Ce vernis s'étend à l'aide d'une brosse plate sur les deux faces de l'étoffe.

Ces ailes une fois terminées et le séchage opéré, on peut procéder au montage de l'avielte, autrement dit à la fixation des plans sustenteurs et stabilisateurs sur le cadre de la bicyclette. Celui-ci est donc pourvu en premier lieu des colliers d'attache et pièces de liaison, glissières, etc, indispensables. Les deux plans superposés sont réunis par les montants ou *chandelles*, lesquelles sont munies à leurs extrémités de pièces de liaison en aluminium dans le genre de celles décrites déjà au sujet des planeurs. On met ensuite en place les tirants et les tendeurs pour assurer la rigidité de l'ensemble, et on termine par la mise en place du stabilisateur crucial, également maintenu par des fils tendeurs convenablement disposés.

Le poids total de la partie *avion* ne doit pas dépasser 13 kilogrammes soit 1 kilogramme par mètre carré de surface utile.

En calculant le volume des pièces et en le multipliant par la densité spécifique des matériaux, il est possible de connaître le poids de la construction.

Nous avons :

25 mètres de longerons de 35 m /m. diam à 120 gr le mètre = 3,125 gr.

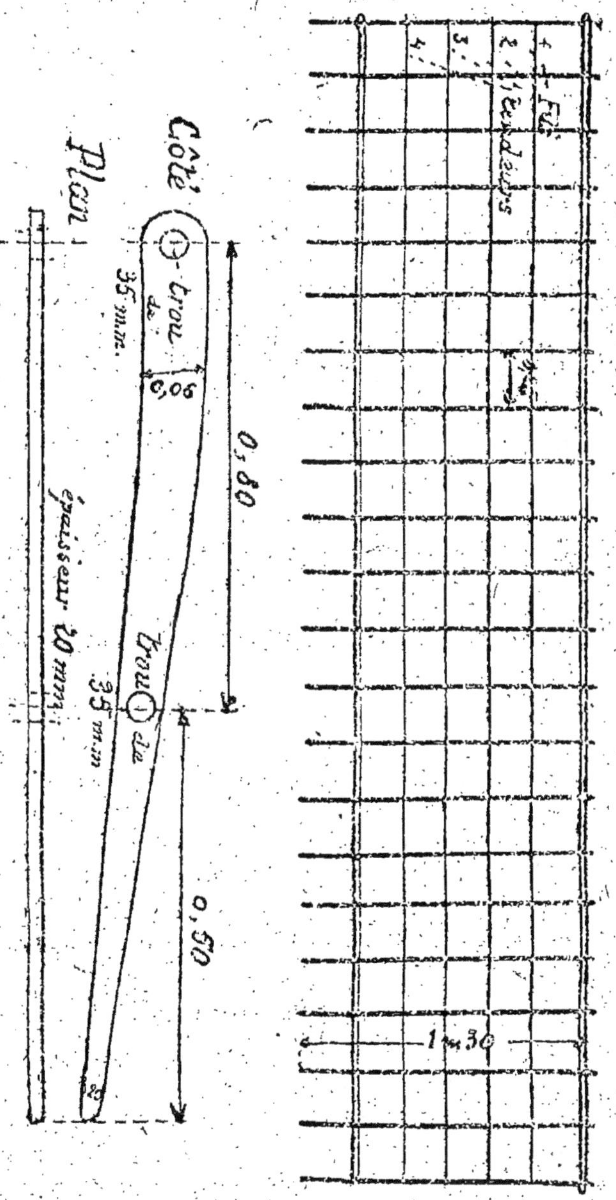

Fig. 13 et 14. — Construction des plans, vues en et de côté.

6 mètres de montants de 35 m/m. diam. à 125 gr. le mètre = 3,750 gr.

50 mètres de nervures en osier à 80 gr. le mètre = 4,740 gr.

18 mètres carrés de cretonne à 90 gr. le m. carré = 1,620. gr.

Tubes de jonctions, raccords, ficelles, galets, glissières, colliers, ressorts, chaînes, etc, environ = 3,505 gr.

Total 13,000 gr.

Le poids de l'aviette sera donc de 25 kilogrammes, étant donné que la bicyclette pèsera 12 kilos. La charge sera donc de 8 kilos environ par mètre carré de voilure, ce qui est infiniment peu, comparativement à la charge normale des ailes d'avions.

Il serait donc très possible de diminuer dans de grandes proportions cette surface par exemple de la moitié et même des deux tiers, mais il faudrait proportionnellement accroître considérablement la vitesse pour produire le décollement. On sait que les avions extra-rapides, tels que ceux pilotés par Sadi-Lecointe et Kirsch dans les grandes épreuves internationales, et dont les ailes mesurent à peine 16 mètres carrés de superficie et possèdent des moteurs de plus de 400 chevaux. Plus les ailes sont étendues proportionellement, et moins il faut de vitesse pour déterminer l'envol, mais il est toutefois des limites qu'il convient de ne pas dépasser, car on pourrait croire alors qu'avec de très vastes ailes, par exemple de cinquante mètres carrés, il suffirait de courir sur le sol pour s'envoler, or, nous avons vu, avec les planeurs, qu'il n'en est rien. En fait, il faut *au moins* 10 *mètres* de vitesse par seconde pour pouvoir quitter le sol avec une bicyclette équipée ainsi qu'il vient d'être expliqué.

Le mieux est donc encore de savoir borner son ambition et ne pas vouloir rivaliser avec un avion à moteur puissant. C'est comme si un promeneur cycliste lourdement chargé et rejoint par une puissante automobile de course, entreprenait de rouler à côté du véhicule mécanique et dévorer les kilomètres à la même allure. C'est tout bonnement irréalisable, et tout ce que le modeste amateur peut espérer faire de mieux, c'est, à l'instar de Poulain et des exocets, bondir après avoir pris l'élan maximum et décrire une trajectoire plus ou moins étendue à une faible distance au-dessus du sol. Si l'on ne se contente pas de ce programme, il faudra bien alors reconnaître l'insuffisance du moteur humain et demander à un mécanisme quelconque l'énergie supplémentaire que les muscles ne sauraient développer, quelqu'effort que l'on fasse. Et peut-être est-ce même dans cet ordre d'idées que l'on obtiendra les résultats les plus satisfaisants.

VI

La motaviette.

Je revendique l'honneur, si c'en est un, d'avoir imaginé ce néologisme barbare vers 1912, alors que l'idée de la bicyclette volante, actionnée par la seule force humaine, commençait à faire son chemin dans le monde et était l'objet de discussions passionnées parmi les aviateurs et les aéronautes. Ce vocable n'est que la contraction des deux mots *moteur* et *aviette*, et il correspond à celui de motocycle aérien, d'avion en miniature possédant un moteur mécanique. C'est l'appareil dont la réalisation hantait mon esprit depuis l'année 1895. Et quand on songe qu'à notre époque de machinisme à outrance, on n'a pu parvenir, en un laps de vingt-cinq ans, à établir un appareil de ce genre, qui serait à l'avion ce que le cyclecar est à l'auto, il y a de quoi être surpris, car on peut penser que le premier constructeur qui réussira à fabriquer un instrument de ce genre vraiment industriel, tiendra vraiment une bonne affaire.

Comment peut-on envisager une association rationnelle de ces deux appareils si différents, l'aéroplane et la motocyclette ?... Que pourrait-on raisonnablement espérer retirer de cet accouplement hybride ?... Peut-on entrevoir par la pensée des motos s'envolant par dessus les vallons, les fleuves et les villes, ou tout au moins franchissant dans des bonds vertigineux des espaces de plusieurs kilomètres d'une crête à une autre dans les montagnes ?... Pourquoi non ?... La négation de parti pris, simplement en partant de ce raisonnement par trop simpliste que la chose n'est pas possible parce qu'elle n'a pas encore été faite, n'est plus de mise aujourd'hui, que la science montre chaque jour qu'elle peut réaliser ce qui, la veille, paraissait impossible. Auprès des merveilles comme la T.S. F., le téléphone, le radium, qu'est-ce que serait le vélocipède aérien ? Aucune impossibilité pratique ne vient s'opposer en principe à ce simple perfectionnement de machines archiconnues dans leurs moindres détails. Est-ce à dire que cela ne servirait à rien ?... Peut-être, dans les débuts, la motaviette ne constituerait-elle qu'un engin de sport, mais il n'en paraît pas moins certain qu'elle conduirait à la création de l'instrument définitif de transport aérien individuel dont l'existence s'imposera quelque jour à la civilisation. Mais, actuellement il y a des problèmes plus ardus, et surtout plus urgents à résoudre, car qui niera qu'après l'effroyable convulsion qui a secoué le monde moderne d'un bout à l'autre, il faut d'abord songer à vivre, *primo vivere*, et à recontruire la maison détruite par les barbares scientifiques. Quand on retrouvera le loisir de se distraire, on songera sans doute à des objets de préoccupation moins immédiats.

Comment peut-on concevoir l'agencement d'une motaviette ?...

Il ne manque pas, dans le commerce, de systèmes très pratiques de motocyclettes, depuis le « cyclomoteur », à moteur amovible s'adaptant en quelques minutes à la première bicyclette venue jusqu'à la grosse moto de course développant 12 et 16 chevaux et capable de rouler, en traînant un side-car accolé, à l'allure de cent kilomètres à l'heure Il semble que la vérité est à mi-chemin entre ces deux extrêmes, la moto légère à moteur de 1 à 3 chevaux étant trop faible et l'autre trop puissante et surtout trop lourde : un moteur de 6 à 8 chevaux paraissant très suffisant pour le but qu'il s'agit d'atteindre.

Le point essentiel est d'obtenir une vitesse suffisante en roulant sur le sol pour produire le décollement par la résistance de l'air sur les plans, et une vitesse de 15 mètres par seconde peut donner ce résultat. La progression est ensuite entretenue par l'action d'un propulseur qui ne saurait être autre chose, dans l'état actuel de nos connaissances, qu'une hélice. Une motaviette serait donc, en définitive, un avion de dimensions réduites, dont le chariot d'atterrissage serait une bicyclette renforcée dans toutes ses parties pour résister victorieusement à des chocs même violents.

En admettant qu'une moto de ce genre, avec ses accessoires pèse 60 kilogrammes, son cavalier autant et encore autant pour l'avion avec son propulseur, nous arrivons à un total de 180 kilogs, qui peut être soutenu par des plans présentant une surface totale de 18 mètres carrés, ce qui donne une charge de 10 kilogs par mètre comme dans l'aviette précédemment étudiée. Or si nous employons un biplan à ailes de 1 mètre 40 de largeur, chaque plan ne mesurera que 6 mètres 50 d'envergure.

Il est facile d'imaginer, en s'inspirant des procédés de construction d'usage courant aujourd'hui pour les avions, de combiner un dispositif assurant une très grande solidité des ailes et à leur accouplement en deux étages superposés. La liaison du biplan au cadre de la motocyclette s'opérera d'une manière analogue à celle indiquée déjà pour l'aviette par un collier à mâchoires serré sur la douille de fourche d'une part et par une double fourchette de support fixée sur les branches du cadre enserrant la roue d'arrière.

L'obliquité des plans sustenteurs sera réalisée au moment de l'envol en obligeant l'arrière de ces plans à s'abaisser par le jeu d'un excentrique ou tout autre artifice de mécanique facile à déterminer. Le bord d'attaque demeure fixe et les plans s'abaissent en tournant autour de longerons transversaux jouant le rôle d'axes de rotation.

Il semble que l'on pourrait supprimer la transmission du mouvement de moteur à la roue d'arrière, que celle-ci soit composée d'une courroie, d'une chaîne ou d'un arbre à cardans, et que l'effet de traction soit entièrement opéré par le propulseur, mais l'emplacement de cet organe demandera quelques recherches préalables pour être déterminé avec précision et fournir le maximum de rendement. Si l'on imite l'avion actuel, l'hé-

lice devra être placée en avant et son axe
devra se trouver à mi-hauteur entre les plans
Le problème le plus délicat sera celui de la
transmission, les deux axes à mettre en rapport se trouvant placés à angle droit l'un de
l'autre. On peut indiquer la courroie courant
sur des galets, l'arbre à cardans, les engre-
nages d'angle, etc.

L'arbre de l'hélice devra reposer sur des
supports reliés à la carcasse du biplan ou au
cadre de la moto, supports d'une parfaite
rigidité et soutenant un long palier avec
coussinets à billes.

Bien entendu, la machine volante sera
complétée (par une surface additionnelle,
placée en arrière et assurant la stabilité
longitudinale. Un empennage en croix
semble pouvoir convenir ; il sera articulé
dans les deux sens pour fonctionner comme
gouvernail de profondeur et de direction. Enfin, il sera bon de prévoir deux ailerons latéraux tournant en sens inverse l'un de l'autre
pour faciliter les virages.

Évidemment l'appareil que je décris ici
est assez compliqué. Le conducteur devra
avoir à la portée de ses mains sur le guidon,
avec les manettes de réglage du moteur, les
diverses commandes des gouvernails et des
ailerons. Certaines de ces commandes, par
exemple l'inclinaison des plans sustenteurs
pourront être manœuvrées au pied comme les
freins et l'embrayage dans les autos. L'idéal
serait que ces diverses manœuvres pussent

s'effectuer en quelque sorte instinctivement de manière à maintenir automatiquement l'équilibre.

Quoi qu'il en soit, ces difficultés ne paraissent pas insurmontables et la mise au point d'une machine volante de ce genre de celle-ci ne demanderait que de l'ingéniosité, de la patience... et pas mal d'argent. Mais quel rêve, ensuite, si, avec ce véhicule d'un nouveau genre, on parvenait à s'élancer au-dessus des routes poussièreuses et encombrées pour glisser à toute allure au-dessus des turbulentes agglomérations humaines, des campagnes paisibles, des champs verdoyants, de traverser les rivières sans se préoccuper de l'emplacement des ponts, enfin, se diriger à vol d'abeille en droite ligne, vers le but fixé d'avance, et le tout à prix réduit sans tous les *impedimenta* des autres systèmes de locomotion !... Qui sait si ce rêve ne deviendra pas un jour une réalité et si les motaviettes rapides ne sillonneront pas prochainement l'espace d'un vol aussi sûr que les aéros modernes ?

Ce sera l'œuvre de demain. Pour ma part je n'en saurais douter.

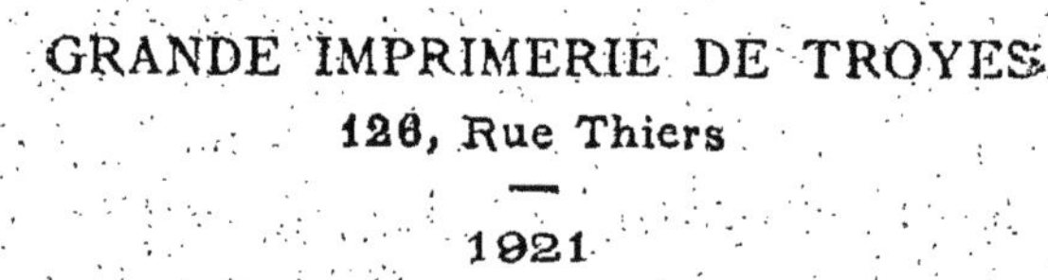

GRANDE IMPRIMERIE DE TROYES
126, Rue Thiers

1921